## 기획의 말

그리운 마음일 때 'I Miss You'라고 하는 것은 '내게서 당신이 빠져 있기(miss) 때문에 나는 충분한 존재가 될 수 없다'는 뜻이라는 게 소설가 쓰시마 유코의 아름다운 해석이다. 현재의 세계에는 틀림없이 결여가 있어서 우리는 언제나 무언가를 그리워한다. 한때 우리를 벅차게 했으나 이제는 읽을 수 없게 된 옛날의 시집을 되살리는 작업 또한 그 그리움의 일이다. 어떤 시집이 빠져 있는 한, 우리의 시는 충분해질 수 없다.

더 나아가 옛 시집을 복간하는 일은 한국 시문학사의 역동성이 드러나는 장을 여는 일이 될 수도 있다. 하나의 새로운 예술작품이 창조될 때 일어나는 일은 과거에 있었던 모든 예술작품에도 동시에 일어난다는 것이 시인 엘리엇의 오래된 말이다. 과거가 이룩해놓은 질서는 현재의 성취에 영향받아 다시 배치된다는 것이다. 우리는 현재의 빛에 의지해 어떤 과거를 선택할 것인가. 그렇게 시사(詩史)는 되돌아보며 전진한다.

이 일들을 문학동네는 이미 한 적이 있다. 1996년 11월 황동규, 마종기, 강은교의 청년기 시집들을 복간하며 '포에지 2000' 시리즈가 시작됐다. "생이 덧없고 힘겨울 때 이따금 가슴으로 암송했던 시들, 이미 절판되어 오래된 명성으로만 만날 수 있었던 시들, 동시대를 대표하는 시인들의 젊은 날의 아름다운 연가(戀歌)가 여기 되살아납니다." 당시로서는 드물고 귀했던 그 일을 우리는 이제 다시 시작해보려 한다.

후르츠 캔디 버스

문학동네포에지 010

박상수 시집

# 후르츠
# 캔디
# 버스

## 시인의 말

괜찮니? 그래, 오늘은 잠깐 너를 보러 온 거야……

달이 있고 여전히 이곳엔 지구인의 폐기된 기억이 떠다닐 테지만.

2006년 2월
박상수

## 개정판 시인의 말

난 마치 미래를 보고 온
사람처럼
벌써 가슴이 아파오고 있어.

미안,
이젠 정말 네 얼굴이 떠오르지 않아.

2020년 10월
박상수

차례

**제3부**

**제4부**

# 제1부

# 날 수 있어, 룩셈부르크를 찾아가

미안, 병에 걸렸어 어제는 외래인 대기실에 앉아 꾸벅 졸다가 돌아왔고 내일은 알 수 없지만 모레도 마찬가지일 거야, 난 그저 19세기식 백과사전을 펼쳐놓고 물었던 것뿐인데, 선생님이 말해주었어, 얘, 그런 병은 없는 거고 그래서 모두 너를 미워하는 거야, 넌 내가 마스크를 한 채 모자를 눌러쓰고 지나가는 걸 본 적이 있지? 난 그저 너를 좋아하는 것뿐인데, 이제 난 말도 못하고 들을 수도 없어, 냉장고에 넣어둔 시계는 잘 돌아가고 있겠지 뱃속이 바람으로 가득차 멍하니 입이 다물어지지 않아, 너 같은 거, 편의점에 가면 얼마든지 살 수 있다고 말했어야 했는데, 난 죽음을 기다리며 행복하게 사는 소녀처럼 한 번도 대기실을 지나 어디로 가는지 생각해본 적도 없고, 미안, 이제 마지막 남은 오른쪽 눈마저 퇴화를 시작했어, 난 내가 가진 가장 좋은 것도 너에게 주지 못했는데, 정말 룩셈부르크병에 걸린 걸까?

## 매일매일 Birthday!

스무번째 생일엔 클럽에 갔다 〈태양은 충분하고 발전기를 돌리자〉 밴드의 펑크록을 들으며 머리를 흔들었다 아무도 공격할 수 없는 불멸의 세상, 모두 버스를 타고 먼 해안으로 떠났다 축하할 일도 축하받을 일도 없는 자들이 거꾸로 매달린 십자가를 걸고 모여들었다

열일곱번째 생일엔 물안경을 쓰고 옥수수 통조림을 먹었다 가끔씩 대문 밑에 LP판을 놓고 가던 생일이 같은 아이와 함께 부식토를 모으러 다녔다 캔 속에 흙을 채우고 물을 주었다 턴테이블이 돌아가고 나는 어항 속에서 허밍코러스를 연주하거나 물갈퀴가 달린 손을 보여주었다

아이들 채집망에 걸린 나비를 놓아주었던 열두번째 생일날, 사루비아꽃을 따다가 방안 가득 뿌려놓았다 귀국 날짜가 지나도록 사람도 카드도 오지 않았다 심야 라디오를 들으며 맡았던 다친 사루비아, 밤새 피워올린 짓무른 냄새

여덟번째 생일엔 생일 모자를 쓰고 웃고 있었다 아이들과 둘러앉아 미래를 보여주는 선물 상자를 열어보았다 매일매일 Birthday! 누군가 적어준 생일카드를 책상에 붙여놓았다 몽상가의 혈관 속으로 나쁜 호르몬이 흘러다녔다.

# 18세

어떤 날은 종일 스탠드에 앉아 운동부 애들이 빳다 맞는 것을 보았다 옥상으로 올라가는 계단은 막혀 있었다 철문 앞에 쪼그려앉아 담배를 피우고 담배가 떨어지면 문밖의 바람 소릴 생각했다 나비로 핀을 꽂은 숏커트의 여자애가 머리를 기댔다 사라졌다

등나무 벤치, 오고가는 말들에 파묻혀 있으면 구름이 내려와 어지러웠다 땅에 발을 딛고 잎을 피워올리는 애들이 많았다 옥상으로 올라가는 계단엔 언제나 부서진 걸상과 깨진 창문틀, 폐지가 있었고 믿는 건 세계의 일부가 가라앉고 있다는 사실이었다 바람이 심한 날에는 코스모스도 괜찮았고 다리를 떠는 여자애도 좋았다

경박하게 나는, 옥상에 대해 생각했다 바람 빠진 배구공과 줄이 끊어진 고무동력기, 항상 고여 있을 썩은 물, 나는 히히덕거리며 옥상으로 돌을 던졌다 아는 사람이 지나가면 강아지 흉내를 내었다 자꾸만 바람에 흔들리는 창문의 소리가 들렸다.

## 첫사랑

우린 이불을 뒤집어썼다 손전등을 켜놓고 열이 나는 뺨을 핥기도 했다 난 도마뱀, 달아나는, 넌 나를 보면서 귓불을 만지는 애였다

초경의 여자애들에게 둘러싸여 있으면 열은 내릴 줄을 몰랐다 거웃이 무성한 아이들을 따라 몰려다녔고 도망치는 녀석들을 밟기도 했다

사라진 소설책을 화장실에서 들고 나왔던가? 넌 찢어진 우산처럼 펼쳐져 나를 바라보았지만 난 부러진 백묵, 내던져져 마룻바닥을 굴러다녔다

부서진 마룻장 밑에선 얼룩무늬 거미가 집을 짓고 있었다 가지고 놀다 주먹을 쥐면 살갗으로 스며드는 움직임

"넌 높은 지능을 가진 포유류야, 난 무서워."
너의 편지를 읽고 있으면 몸이 달아올랐다.

# 이사

책장 사이 말라버린 꽃잎 떨어질 때, 침대 밑 구겨진 폴라로이드 집어들 때, 미처 떠나지 못한 것, 당신 여기 있습니까? 더운 바람이 종아리 곁을 맴돈다 겨울 카페트 들어내자 풍장을 끝내지 못한 계절의 잔해

선인(善人)의 목소리를 듣고 싶다 그의 섭리로 다스려지는 공기, 그의 섭리로 다스려지는 내 조그만 화단에는 가볍게 흔들리는 봉숭아, 신열에 들뜬 얼굴로 속삭이는 소리를 듣는다 돌아보면 짓이겨진 열매, 편지함 가득 들어 있고

용서를 바라며 현관에 서서, 당신 여기 있습니까? 찢어진 벽지 뒤에, 텅 빈 화분 속에, 당신 여기 있습니까? 검은 상자의 창문에 못이 박힐 때, 깨어나지 못한 벌레가 꿈꾸는 이 덧없는 잠의 깊이.

# 구원된 사람들의 합창*

우리는 만찬을 즐기며 시계를 거꾸로 돌렸다 서로의 정체를 알지 못하는 우리, 화장을 하고 물담배를 피우고 더러운 길을 걷는 것만으로 바꿀 수 없는 프로그램을 알고 있었다

그래도 우리의 역할을 사랑했다 단 한 번도 사랑을 나누어 받은 적이 없었으므로 한결 가벼운 마음으로 서로의 만찬에 독약을 털어넣을 수 있었다 조그만 상처에도 발작을 일으키는 것만이, 이내 잠들어버리는 것만이 아름답다고 믿는 우리를

우리는 우리의 숫자를 세어나갔다 비커에 담긴 유리막대처럼 굴절된 시간이 쌓여갔지만 영영 끝나지 않을 모래놀이를 하고 있는 기분이 든 건, 우리의 정체를 알 수 있을 거라고 믿었던 그날의 만찬 이후로부터

소극장에서 대극장으로 이동하는 무리에 섞여 긴 회랑을 지나갔다 주교관에서 저녁 미사의 하프시코드 소리가 희미하게 번지는 시간이었다 잠언을 외우고 예쁜 마리아처럼 눈을 감았지만

성가대석 위로 은총이 내려앉고 있었다

예배는 훌륭하였다 처음부터 다시 숫자를 세어나갔다

단 한 번 우리를 사랑해준 소녀의 키스를 떠올렸다 여전히 더러운 길 위의 우리도

피와 살을 나누어 먹었고 시계는 더욱 속력을 내며 돌아가고 있었다 우리는 하나둘 승천하는 제자들을 보았다 우리의 탄식은 만찬장을 가득 메운 청중들과 함께 서서히 온몸에 퍼져가는 약기운을 느끼며 황홀하게……

* 넬리 작스의 시집 제목.

## 비밀

겨울 스웨터 먼지처럼 잔잔히 부서지던 햇빛, 백엽상 주위엔 한 뼘도 못 자란 풀들이 뿌리 뽑힌 채 말라가고 있었다 얼굴이 하얀 아이들 쫓아다니다가 일기장을 찢어 풍금 바람통 속에 넣어두었다 돌미끄럼틀 주위를 뛰어다니다보면 자주 멍이 들었고 동물의 허파를 삶아 잘라놓은 듯 멍자국이 둘레를 키워가는 동안 난 고개를 숙인 채 아무 말도 하지 않았다 한참을 빨아야 흘러나왔던 수돗물에 입술을 적실 땐 갑작스러운 코피처럼 내내 떠나지 않았던 녹비린내, 곧 여행의 끝이 오리란 걸 알았지만 끝내 아무 말도 하지 않았다 파라도 시솔레 음계를 외며 어린 소녀가 철골 비계를 올라갔다 텅 빈 멜로디를 따라 바람통이 종이 쪼가리들을 날려보냈다 온실 유리를 깨뜨렸고 복도 끝에선 오래, 호루라기 소리가 그치지 않았다 낡은 풍금들이 트럭에 실려 떠나가는 꿈, 깨진 유리 밑엔 난초가 만개한 꽃을 걸어놓고 부드럽게 썩어가고 있었다.

# 덩굴장미의 나날들 지나가다

장미 둘

장미가 피는 곳엔 네가 있었다 세상을 설명하는 방식 꽃잎이기도 했고 향기이기도 했다 잘 모를 일이었다 네가 준 웃음 하나

장미 셋

안과 밖을 나눈 곳이면 어디든 장미가 피었다 흙바닥에 주저앉았고 찬물을 뒤집어쓰기도 했다 창문을 열고 하루종일 누군가를 기다렸다

장미 넷

사람들 돌아간 오후의 운동장에 남아 모래로 집을 짓던 때가 있었다 테니스 코트에서 공이 날아오기도 했다 뛰어갔다 오면 허물어진 네가 남겨놓은 무늬, 글자 같기도 하여 일몰 속에 우두커니 서 있었다

장미 다섯

붉은 장미 넝쿨진다 아치를 타고 가지를 뻗으며 피어오른다 5월의 담장과 공터를 돌아다니며 장미를 심어놓은 너

덩굴장미

장미에 맞아 울 수도 있겠다 탐스러운 꽃, 이렇게 무리지어 피는 꽃, 장미를 알고 있는 자와 모르고 있는 자.

## 후르츠 캔디 버스

당신과 버스에 오른다
텅 빈 버스의 출렁임을 따라 창은 열리고
3월의 벌써 익은 햇빛이 전해오던
구름의 모양, 바람의 온도
당신은 말없이 창밖을 내다보던 타인이어서
낯선 정류장의 문이 열릴 때마다 눈빛을 건네보지만
가로수와 가로수의 배웅 사이 내가 남기고 가는 건
닿지 않는 속삭임들뿐

하여 보았을까 한참 버스를 쫓아오다
공기 속으로 스며드는
하얀 꽃가루, 다음엔 오후 두시의 햇빛,
그사이에 잠깐 당신
한 번도 그리워해본 적 없는 당신
내 입술 밖으로 잠시 불러보는데
그때마다 버스는 자꾸만 흔들려 들썩이고
투둑투둑 아직 얼어 있던 땅속이
바퀴에 눌리고 이리저리 터져 물러지는 소리

무슨 힘일까
당신은 홀린 듯 닫힌 가방을 열고
오래 감추어둔 둥글고 단단한 캔디 상자를 꺼내네
내 손바닥 위에 캔디를 올려놓을 때
떠오르던 의문과 돌아봄, 망설임까지

어느덧 그것들이 단맛에 녹아 버스 안을 채워나갈 때
오래전에 알았던 당신과 나, 단단한 세상은 여전하지만
시작도 끝도 없고 윤곽마저 불투명하던 당신에게
아주 잠깐, 속해 있을지도 모른다는 생각이 든

이 순간.

## 적란운 피어오르는 계절

센베를 먹다가 살아 있는 짐승 대하듯 숨을 죽인 적이 있는가 홀로 방에 앉아 어스름 내려앉는 창밖을 바라보았을 때 나는 그만 그애가 어떻게 나를 찾아왔던가 희미한 흙터에 손이 갔던 것인데 아직도 기억나는 사진 하나가 그애 세 든 방 올라가는 가파른 계단에 앉아 있던 것이다 새로 산 운동화를 낯선 형들에게 빼앗기고 칭얼거리던 내 발에 그애가 신겨주었던 끈 떨어진 샌들 두 짝, 치마 주머니에서 간밤에 먹다 넣어두었는지 눅눅해진 센베 쪼가리를 주었다 녹는구나 녹아, 녹아 사라져버렸어, 말도 없이 둘이서 센베를 녹이고 발을 까닥이며 아랫동네 버스 다니던 길까지 내려다보았던 것인데, 고만 새 짝을 찾아 등을 돌려버린 나를 찾아와 눈이 마주쳤을 땐 내가 먼저 고개를 돌리고 말았던 것이다 어디서 몽당연필을 꺼내다가 내 얼굴을 찍어놓고 도망갈 땐 또한 사람이 길 잠시 잊었던 것이다 도망가다 넘어져 네발로 몇 걸음을 기다가 기어이 절뚝이며 길 밖으로 사라졌던가 그래 하필이면 센베 가게 양과자점도 사라지고 트럭에서 누가 사다놓은 센베 봉지에 손을 넣을 때부터 내 이미 알고 있었다 잘도 부서진, 오래 사라지지 않을 까만 눈빛과 꼭 다문 입술, 깨물려 금이 가버린 센베 조각.

# 남아프리카공화국 통조림

아무래도 나는 6월이 좋아 나무들이 수맥을 고르는 저녁을 기다리네 또옥또옥 문을 두드려도 오토바이 머플러 소리에도 움직이지 않네 세상은 좀더 익은 복숭아처럼 연해졌을 때 계단을 뛰어 백열등 구멍가게 들러 남아프리카공화국 통조림을 고르네 보르네오, 아라비아반도를 지나 푸른 심해의 범선을 타고 가는 여행, 부푼 돛폭도 좋아 하얗게 나는 부풀다가 통조림 속살거림을 들었는데 아주 먼 곳에 있다는 남아프리카공화국, 그곳에 한번도 가보진 못했지만 6월의 난간에 매달려 소리도 지르네 아직은 달려가는 꿈, 열대 사바나의 수누처럼 허벅지를 부풀리며, 그곳은 어디일까 분쟁이 사라졌다는데, 평화란 부드럽고 따스한 신뢰 같은 것 단물에 둘러싸인 조용한 잠 같은 것, 초여름 풀물이 발자국을 만들고 있지 나는 남아프리카 대지 위를 흥얼거리며 걷다가 통조림을 안고 어스름 동네를 돌아오네 이제는 정말 행복이 시작될 거야 투명한 얼굴을 가진 사람들이 포옹을 나누네 됐어, 내 꿈은 먼 곳에서 왔지만 언젠가 유효할 믿음, 경이로운 꿈 같은 것 세상은 온기가 감도는 작은 달걀처럼 내 품에서 숨을 쉬네 나는 통조림을 가슴에 품고 돌아와 창문을 열고, 묵은 공기가 어울리기를 기다려 먼 땅 남아프리카공화국을 떠올리며 통조림을 먹는다네.

# 제2부

## 놀이공원 가자

나는 회전목마 위 구름을 쳐다보는 자, 장미 정원에서 비눗방울을 불거나 플라스틱 나비가 날아다니는 광장을 지날 때도, 그런 것이 있다면 과연 곁에 있었다면, 은빛 구조물 사이 리프트 2호가 지나가고 내가 본 것은 무엇이었을까 이미 시간이 지나 말라붙은 흔적 같은 것, 판타스틱 월드의 하늘에 남아 있었어 제트 열차는 붐붐 길고 긴 트랙을 돌아 사라지고 어느새 내 곁엔 부서진 꽃잎 같은 것이 플라스틱 잔해 같은 것이, 나는 땅 위에 내려 귀를 기울였어 지금 내 곁엔 누군가가, 오래전에 스쳐갔던 풍선과 솜사탕과 초록색 벤치가 조금씩 낡은 채로, 발자국 소리와 함께, 10월의 햇빛을 받으며 사람들로 가득한 놀이공원에 서서 나는 움직이지 않았어 모든 것은 궤도를 따라 움직이고 있었지만 어느 것도 떠나지 못한다는 걸 행진곡이 울려퍼지고 인간 수업을 받은 침팬지들이 박수를 치며 지나가는 동안 나는 그렇게 놀이공원에서 떠날 줄을 몰랐어.

## 이상한 구멍을 보았다

축대가 자주 무너지던 봄, 학교 가는 길에 보았던, 땅밑 하수관 얼었던 물이 터져 새어나오던 이상한 구멍, 이끼 뒤덮인 바위, 검은 잠자리 따라 시내를 오르다보면 젊어 사라졌다는 삼촌이 웅덩이 안에서 나를 응시하고 있었다 물살을 헤치고 손을 뻗으면 삼촌은 찬물에서 건진 물고기를 입속에 흘려넣어주는 것이었다 고개를 끄덕일 때마다 살아서 지느러미 흔들던 물고기 내 안으로 스며들면 입술을 깨물어도 쏟아져나오던 신음 소리, 자꾸만 아득해지는 풍경 차가운 손, 나는 하나둘 옷을 벗고 눈감지 못한 영혼의 중얼거림을 따라 끝내 돌아오지 못할 길속으로 오랫동안 흘러들어갔다 누가 나를 부르는 것일까 그러나 누가 나를 부르는 것일까 눈을 뜨면 이마 짚던 어머니, 떨어져나온 비늘들을 말없이 쓸어담는 것이었다 그럴 때마다 동네를 돌던 사진사를 불러 하얗게 입술이 마른 나를 무릎에 앉히고는 했지만 아무리 남자가 웃어라 소리쳐도 어머니 눈물만 흘리고 구름은 물위를 흘러가고.

# 백년슈퍼

떨어진 창문, 목조 가옥 따라 걷다보면 백년 전에도 있었던 듯 가게 하나, 잠든 노파는 깨어날 줄 모르고 빛이 스러진 여자아이 한쪽 눈만 깊다 오려 만든 인형처럼 오려붙인 웃는 눈, 못한 말 더께로 내려앉아 바랜 선반 위엔 비누 쏠다 들킨 집쥐 도망갈 줄 모른다 가라앉는 집, 고여 소리도 없는 한숨에 젖어갈 때쯤 쪽방 문턱 걸터앉아 사이다 나눠 마신다 술에 취한 듯 코가 매워지고 자꾸만 붉어지는 눈동자, 아이는 간지럼을 타듯 기침을 한다 고개 들면 들썩이는 문짝 너머 검은 고무줄 다발 하늘엔 하나둘 불이 켜지고 어디선가 석유곤로 찌개 냄새, 저 혼자 파묻힌 채 낡아가는 백년슈퍼.

## 다락방이 있던 풍경

화장품 공장 간판에 붙여놓은 추리를 훔쳐다가 아버지 구두와 어머니 텅 빈 패물 상자를 장식했다 앉은뱅이책상 위로 만들다 만 크리스마스카드, 연기 없는 굴뚝을 그리다보면 지붕을 떠돌다 지친 참새가 깨진 창틈으로 숨어들었다 날개가 얼어버린 참새, 이불을 덮어주어도 참새는 눈을 뜨지 않았다 좀약이 든 유리병에 꼬마전구 필라멘트처럼 가늘게 켜질 것 같았던 울음소리, 기울어가던 햇볕이 쪽창 간유리에 잠시 머물 때면 공중에 매달린 방 빛이 닿지 않던 구석에도 돋을새김 뿔이 큰 순록이 날아다녔다 빛이 스러지듯 낡은 물건들 사이로 방울 소리도 사라지면 노끈에 묶어놓았던 앨범을 펼쳐놓고 설핏 잠이 들기도 했다 가을에 마당에서 주워다 놓은 나팔꽃 씨앗을 카드와 함께 담으면 비로소 땅 위에 내려 녹았다 사라지는 눈송이 몇 개.

## 청동과 재의 나날

이틀 밤 사흘 낮을 내리는 비, 낮에도 커튼을 쳐놓고 잠을 잤다 고단한 병사들 꿈을 꿀 때, 철책 너머 산길을 달려갔다 얼굴을 할퀴는 숲, 자주 발목 걸려 넘어지고 몸을 떨 때마다 길이 사라졌다 참호 속으로 숨어들어가면 뒤쫓는 군화 소리, 환기통 들쥐의 시체에서 벌레가 기어 나왔다 밟아도 쉽게 사라지지 않았다 더운 것을 찾아 쏟아지고 있었다 흙벽에 머리를 기대면 뿌연 안경 너머로 피어오르는 길게 아름다운 손가락, 너는 새를 들고 있었다 죽은 새는 너에게 어울리지 않아, 너는 희미하게 웃고 있었다 식어버린 혀, 창백한 손을 쓰다듬으면 작은 실뿌리 뻗어가다 말라갔다 멀리 으깨진 불빛, 조금만 더 달려나가면 인가가 보일 것도 같았다

소각장에는 젊은 병사 하나 상자를 버리고 갔다 수신인을 찾지 못한 상아질의 글자, 쓰레기 속에 파묻혀 있었다 불씨를 되살려 태우면 공중에 부려지는 숨소리, 함께 잠들어도 다른 꿈을 꾼다는 것, 그럴수록 오래 서쪽 하늘을 쳐다보았다

비탈진 언덕에는 지난겨울 묻어두었던 무가 바람 하나 들지 않고 생생했다.

## 열병

아기사과나무, 바람에 창문을 때리면 이불 속을 기어 나왔던 누렁이, 코를 박고 뒷덜미 비벼대다 낮게 이빨 깨무는 소리에 고개를 돌리면 기름 뜬 썩은 물이 바닥에 퍼져가는 것이었다 충혈된 채 바닥을 파헤치던 누렁이, 나는 벽에 기대 마른 입술을 적셨는데 누렁이 앞발엔 탯줄에 목이 감겨 죽은 새끼가 한 마리, 돼지기름을 퍼마신 듯 울렁거리는 가슴을 쓸어내리면 어느덧 귓바퀴를 돌아 이불 속으로 사라지는 혼령의 소리

땀에 젖어 눈을 뜨면 어떤 집일까 늦도록 낙엽을 태우는 냄새, 달빛에 흔들리는 가지를 보고 있으면 아기사과 깨어문 듯 오랜만에 입안 가득 신 침이 고였다.

# 회양목 울타리 집에서 보낸 여름

폐타이어 튜브를 띄워놓고 둥실 흘러다니고 싶었던 여름, 페인트칠을 하다가 떨어진 아버지는 신나 냄새에 자주 코를 풀었다 큰물이 지고 나면 양지쪽에 앉아 그림책을 말렸다 처마에 달아놓은 새장에는 잉꼬 대신 집쥐의 잠, 방에서 나오지 않는 가족들은 서로를 잊어갔다

멀리 공장 지붕에선 피아노 줄을 목에 감고 한 사내가 노래를 불렀다 떠내려온 겨울옷을 주워다 하수구를 막았고 바다로 떠나간 아이들을 생각했다 화단 가득 피어 있던 분꽃이 땅을 버리고 사라진 여름, 물을 틀면 기름 섞인 아름다운 무늬가 천천히 마당을 채워나갔다.

# 공중전화

전화박스 안, 폭설이 내리는 거리를 내다본다 간판을 내린 건물 어둠 속에서 형체를 지워가고 길은 끊긴 지 오래, 젖은 발을 신문지로 감싼다 한차례씩 눈보라가 몰아치면 지평선 너머 아득한 불빛, 눈 속에 발을 파묻고 오래 얼어 있으라, 겨울나무가 진저리를 친다 자기를 되비추며 쌓이는 눈, 어느 심해의 발광체처럼 가슴에 들어와 박히고 돌아올 이 없는 정류장에 홀로 선 전화박스 눈은 더 깊어만 간다 사람들 고단한 잠에 빠지고 어디선가 노랫소리 들린다 잡음 많은 바람 등을 치고 비틀거리며 사내는 가로등 밑 젖은 필터를 문다 잠시 동안 따뜻할 것이다 그의 어깨에 쌓이는 눈, 먼 도시로 이어진 전선이 웅웅거린다 이 밤 누가 수화기를 붙들고 하얀 이불 속에서 울고 있는 것일까 나는 공중전화에 귀를 대본다.

## 붉은 저녁에 둘러싸인 골목

누가 데려왔을까 여긴 제비꽃 말라죽은 자리 그 옆엔 오래된 낙서와 버려진 신발들, 햇빛은 사방에 가득하네 처음 온 골목이란 골치가 아파 두고 온 알약을 떠올려보지만 부유하여 햇빛 속을 떠돌 뿐, 시든 잎에 바람이 드네 고개를 돌리면 철대문이 열리고 누군가 버리고 간 아이의 울음소리 그치지 않네 흔들리는 눈썹, 살갗은 말라가네 언젠가는 버려진 것으로 이 골목도 가득차겠지만 시간을 잊으며 영영 떠돌아 창백해진, 나는 이상한 떨림으로 말라가고 있었네 영혼을 부르는, 오래전 죽음을 잊고 있던.

# 백조

느린 노래가 끊어지면 구식 스피커는 먼 나라의 이야기를 들려주었다 탁자 위엔 커피 얼룩이 밴 편지들이 종이배로 접혀 있었다 전기스토브 곁에서 여자는 스커트를 입었다 벗었고 추운 종아리의 살빛이 얼음처럼 반짝였던 날, 내가 열람한 기록에서 지워질 이름들을 헤아려보았다 흐릿하게 번져가는 꿈속에서 아직도 잠들어 있는 따뜻한 뿌리와 새 모양의 피리를 부는 소년, 여자는 나지막이 말없는 노래를 그려나갔다 떠돌이 옷장수가 목도리를 두르고 떠나간 문, 조용히 멎어 있는 꿈의 바깥에는 늙은 개가 물고 가던 흰 뼈.

# 움직이는 정원

딸기를 반으로 쪼개 햇볕에 잘 말려두었다가 꿀에 섞어 눈꺼풀에 바르면 네잎클로버를 머리에 얹은 요정을 만날 수 있다 요정이 권하는 사루비아 술을 마시고 뒤뜰로 돌아가면 먹구름을 가져다 불을 때는 아궁이, 내려다보면 인간의 마음을 움직이다 움직이다 실패하고 호마이카 책상 엎드려 잠든 나, 자는 동안 영혼이 지구 네 바퀴를 돌고 산등성이에서 하품을 할 때까지 날은 저물지 않는다 플라스틱 물조리개 물을 뿌리다 이끼 폭신한 우물곁에 눕는다 잠에서 잠으로 이어지는 정원의 양철 굴뚝에서 타고 남은 구름이 팽글 클로버 이파리로 떨어져내리고 마을과 지붕을 건너 정원이 움직이는 곳마다 바삭바삭 잘 구운 딸기와플 냄새.

## 편도선

해바라기에 둘러싸여 걸어가네 햇빛은 충분하고 바람은 불어오지 이런 날은 찬물에 녹는 녹차이어야만 해, 그렇지 않으면 당신은 대답하지 않을 거야 그래 그렇고말고, 당신은 소리 없는 주전자, 물이 끓어도 음악 소리 낼 수 없네, 당신의 목안을 식혀줄 녹차이어야만 해, 당신의 측후소, 거긴 수시로 날씨가 바뀌었지 비가 오는 날은 이불을 덮고 누워 있었고 민감한 집진기엔 인플루엔자 바이러스 들러붙은 날도 많았네 당신 몸 가장 가까운 입구에서 제일 먼 곳의 태도를 가르쳐주었던 곳, 누구도 만나지 않고 여러 날이 지나갔지, 하지만 이젠 당신을 불러낸 대문 앞에서 신발을 바꿔 신고 새로운 씨앗이 뿌리를 내릴 때까지 걸어볼 거야, 담장에 머리 기댄 해바라기 잘 익은 씨앗을 나눠 먹어야지 그때쯤 녹차의 티백도 찬물에 녹아 유리병 속에서 흔들리겠지 차를 마시면 혹시 푸푸, 음악 소리가 나지 않을까?

## 청동과 재의 나날 2

가끔 죽은 사람을 태운다는 소각로에서 길게 연기가 피어오르면 우리들은 한차례 몸을 떨기도 했지만 낮은 학교 담장을 넘어 이내 손잡이 놓쳐버린 자전거처럼 후문 쪽 비탈길을 내달렸다 간밤에도 성장통으로 다리를 잡고 울던 우리 세 겹 비닐을 둘러쳐도 겨울바람이 파고들던 집에는 늑목처럼 뼈를 드러낸 지붕과 장롱 밑 가득 고여 숨쉴 때마다 기침으로 일어나던 묵은 먼지

얼음이 얇은 하천 위를 가벼운 발짓으로 차례차례 건넜다 판자를 모아 불을 피웠고 훔쳐온 성미쌀을 나누어 먹을 땐 가발을 쓴 채 햇볕이 움직이는 방향을 따라 자리를 바꿔가던, 사랑했던 거지 여인이 살짝 보여줬던 흰 가슴, 문득 뻘에 빠뜨려 찾지 못한 신발이 생각나 가만히 들여다보면 얼음 밑에서 어린 고양이 뭉개진 앞발이 흘러가는 것도 잊은 채 멈춰 있었다.

# 제3부

# 즐거운가 소년이여?

너는 천진난만한 소년, 무엇을 떠올리고 있는가? 소녀는 아까부터 새침해져 있다 단순한 연마로는 닿을 수 없는 시선을 가졌구나 시시한 음악이 탁자 위를 조금씩 번져간다 휘감아오르던 도취는 가벼운 입 모양을 따라 지독하게 부드러워져버린다 소녀가 주섬주섬 옷을 챙겨 입는다 너는 언제까지나 소년인 것이다 새 모양의 피리를 불며 불탄 집 앞에 서 있겠지 그리고 누구도 받아주지 않는 잠과 잘린 뿌리를 떠올릴 것이다 너는 다만 소녀를 태우고 떠나는 노새의 방울 소리를 들은 것뿐인데 다른 방식으로 지속되는 믿음을 멈출 수 없다 이제 소녀는 매우 저속해져 있고 그런 건 한낱 장식일 뿐이라고 생각하는 너도 마찬가지다.

## 장마 속에 눈을 뜰 때

멀리 공을 찾으러 들어간 숲에서 공을 보고도 그냥 돌아온 날

우린 하류로 밀려가는 자갈돌들처럼 위태로웠다 조금의 안간힘으로 비를 맞았고 젖어 있다는 건 곧 어딘가로 쓸려갈지도 모른다는 소박한 위로

등을 내다건 집 앞에 서서 담장 너머로 흘러나오던 방언을 들으며 그날 저녁에는 둑길을 따라 등불을 앞세우고 내내 행진하였다 떠돌이 개를 걷어찼고 무르팍을 절뚝이도록 싸움을 하다가 등불을 엎질렀고

우린 자꾸만 말려드는 것 같았다 전극이 달아난 워키토키에선 낯선 북쪽의 언어가 들려왔다 부서진 석관 속에 들어앉아 햇빛이 들지 못하도록 뚜껑을 닫았지만 숨을 참고 있으면 눈앞엔 어느새 셀 수 없이 반짝였던 반딧불이의 동조

우리만의 은거지가 흙속에 파묻혔고 우린 남은 잡동사니로 가면을 만들어 쓰고 물 구경을 나갔다 교각의 눈금자가 만수위를 넘었을 땐 하교하던 아이들 사이 꼬박꼬박 모아두었던 방부제 알갱이들이 칼집 난 부레옥잠처럼 부풀어 떠가는 걸 보았다

그날, 불난 비탈에서 숯덩어리가 된 개를 발견한 날, 우린 혼자 우는 임금 역할을 맡았던 주근깨 아이의 사연을 들으며, 어쩐지 루비, 같다고 귓속말을 했다.

## 날짜 변경선

얼어버린 빨래를 걷어다가 아랫목에 두었지만 사라지기 일쑤였다 물 빠진 자국마저 아무렇지 않게 말라버리고 나는 열쇠를 잃어버린 얼굴로 대문 밖에 앉아 있었다 눈 녹은 웅덩이에 발이 빠질까 폴짝 뛰어오르면 조금은 날개가 생긴 것도 같았다 거짓말을 믿으며 소망하며 털모자를 쓰고 전봇대와 블록담 사이에 머리를 집어넣었던 아이는 어른 셋이 달려들어서야 목을 빼냈고 들어가기는 쉽지만 나오기는 어려운 문턱, 그렇다고 쉽게 울지도 않았다 잔불을 쬐듯 웅크려 지나가는 행인들, 따라 걷다보면 손바닥으로 유리창 닦아 내다보는 사람들, 먼지 앉은 크리스마스 전구처럼 걸려 있었다 살얼음 녹았다가 다시 얼어버린 길 위에 서서 더이상 열쇠의 행방을 묻지 않았다 연통에서 빠져나온 온기를 따라 발자국 돌아보면 거기, 왕겨를 뒤져 마지막 겨울 사과를 꺼내 먹던 마음, 사과 안에 박혀 반짝이던 얼음과 눈 녹을 때의 빛이 또다른 겨울을 불러오던 거리.

# 일곱 하늘의 여름

암연과 석회의 바다에 갔습니다 가라앉으면 제 질량을 물방울로 넘겨주고 북태평양의 열기로 계절이 바뀔 때까지 끓어오른다는 그 바다였습니다 우린 웃음 가스를 나누어 마셨습니다 일곱 하늘은 층층이 가라앉고 있었습니다 그중에서도 미네랄의 하늘이 투명한 곤약을 풀어놓은 듯 출렁였고 영혼이 담긴 불꽃 몇 개가 떠올랐다가 푸시시 녹아버렸습니다 우린 모닥불 위를 건너뛰며 괴성을 질렀습니다 처음부터 소라고둥 따윈 관심이 없었으니까요 발육이 덜 된 아이의 옷을 태우며 녹이 슬면 더 무거워지는 철이 되기로 했습니다 자신을 묘지기라고 소개한 꼽추 같은 아이는 밀물이 들어올 때까지 파묻혀 있겠다고 했습니다 우린 뇌운 속에서 몽롱한 꿈을 꾸는 것처럼 취해갔습니다 산소를 사오겠다고 떠난 날개 달린 아이는 돌아오지 않고 있었습니다 우린 분명 바다에서 태어났지만 침식하는 모래 구덩이에 담겨 소박하게 웃었습니다 밤바다 일곱 하늘 속에서 질소와 수소를 녹여 움직이는 미생물들, 그 심원한 음률이 퍼져나오고 있었습니다 우리는 잠깐 물질의 세계에 태어났지만 끝내 바다의 손을 잡지는 못했습니다 병은 깊어갔고 뼈가 녹았고 눈앞엔 아무것도 보이지 않았습니다 지구는 참으로 오래된 행성이었습니다.

## 소환

1

나는 다음과 같은 음성을 들었다

"나의 피조물, 지금까지 넌 얼마나 많은 사람을 파괴해 왔지?"*

2

부서진 걸상에 앉아 희미한 질료에 물들어가는 손을 보았다

3

석회가 곱게 칠해진 담장에 처음 보는 신체 기관들이 걸려 있었다 암흑은 그곳에서 톱니바퀴처럼 결합되어 움직였다

4

두건을 쓴 현자가 돌멩이를 건네주었다 순결한 전갈에 물려 스스로를 집어삼키는 뱀이 함께 불타오르고 있었다

5

나는 처음 배운 새끼 양의 울음소리를 내었다

6

맨 아래에는 납골함이 있었고 그 위엔 유황이 있었고 마지막엔 지혜가 있었다

7

관통해 지나간 것이 있다.

* 우에시바 리이치, 『가면 속의 수수께끼』 중에서.

## 순례자의 언덕

당신이 두 손으로 얼굴을 감싼 순간 산길은 소리 없이 끊어졌어요 깎인 생목의 부스러기들로 가슴이 가득차 있었지요 손바닥은 조금 젖었고 끈끈한 민트 잎새들이 거미줄에 감겨 말라갔어요 난 흔적없이 다녀가고 싶었지요 비와 안개 차가운 공기들, 불가촉천민의 소떼들이 광목 띠를 받치고 지나갔어요 평생이란 얼마나 두꺼운 종이 뭉치인가요 염소가 씹으면 얼마나 오래 배부른 채 잘 수 있나요 난 꽤 오래전에 강을 건너왔는데 여전히 종이신을 신고 있었어요 산을 감싼 연기, 당신은 어린 죽순을 품에 안고 한 겹 한 겹 강물에 띄워보내고 있었지요 누룩이 가득한 술도 아직 식지 않았는데 당신 입술, 당신 목을 껴안고 놓지 않았어요 내가 태어날 때 당신은 오래 곡식을 씹어 내 입에 넣어주었지요.

# 폭우

우산이 뒤집히고 세계가 또렷해진다 변덕스러운 날씨에 대한 충분한 설득이 종일 방송되었지만 그럴수록 난 어떤 예감에 사로잡힌다 대기의 벌어진 틈으로 들려오는 울림이 어떤 전조가 되리라 믿진 않는다 이 지점에서 하나의 간극을 떠올리며 조금 뒤로 물러날 뿐이다 소외되어 있던 것이 떠오른다 그것은 무척 오래되고 낯선 얼굴이다.

## 대관람차가 회전하는 밤

—바람의 세기에 따라 가장 높은 지점까지는 20년, 한 바퀴 도는 데는 50년 이상이 걸린다네.*

만상이 어둠 속에 소멸할 때
시간은 천천히 부서지며
비로소 밤이 진동하기 시작한다
대관람차가 회전하는 밤
창백한 재로 스러져가는 사람들이
대관람차에 오른다
세계는 진득한 몰약처럼
손가락 사이를 빠져나간다
발자국도 남기지 않고 지상을 떠나는 사람들
어떤 이는 목이 부러진 목각 인형을 가슴에 안고
어떤 이는 깨진 손거울을 기어이 놓지 않으면서
늙은 청지기가 문을 잠그는 것을 허락한다
하얗게 입김을 불어
누군가 유리창에 글씨를 쓴다
흘려보내는 것으로 삶을 탕진한 이들의 상심한 변명이
하나둘 대관람차 속으로 사라진다
밤의 경계를 둘러싼 구릉과 수목들은
더이상 친근하지 않다
어둠을 불살라 빨아들이는 검은 입과
늙은 청지기의 수신호
몽상과 회한으로
이 세계를 관람하는 자들의
꺼지지 않는 눈빛이
삐그덕삐그덕 회전하기 시작한다.

* 갈릴레오 갈릴레이가 매제에게 보낸 편지 중에서.

# 정지한 낮

문득 시간을 잊고
낮은 고요히 정지해 있네

건물은 부드럽게 탄성을 잃어가네
나는 미성년의 얼굴로
과거로부터 길어올리는 물기 없는 기억을
낯설게 매만져보네
상념이 피워올리는 무용한 잎사귀들
언제나 혼자서 텅 빈 열차를 타네
완전한 명상이 철로를 따라 이어질수록
인간의 얼굴이 떠올랐다 사라지네

인간이 인간을 넘어서지 못하고
모래바람이 불어와 부서진 석상 위를 덮어갈 때

나는 낯선 역에 내리네
의지 없는 몽환
몽환이 둥글게 빚어버리는 모서리를
비로소 인간의 형상을,
떠난 사람들이 동물의 형상으로
백사장 위에 굳어갈 때
무릎을 꿇고
모래를 씹으며 바람을 거스를 때

낮은 고요히 정지해 있네

나는 온통 하얀 낮달의 정령에 휩싸여
침묵이 피워올리는 여름 나무 밑에 앉아 있네
이름 모를 열매에서 즙은 새어나오며
눈먼 자의 시간이 대기로 번져가네.

## 백열(白熱)

언젠가 아주 무더웠던 날
마루에 엎어져 있던 나는
녹색 섬유 호스 수줍은 소곤거림에 홀린 적이 있었는데
수돗가에 둘둘 말려 있는
그가 부르는 풀잎 소리를 따라
물소리를 따라 웅웅 답했을 땐 뭐랄까
여울목 차돌멩이처럼 깨끗한 시절이 떠올랐네
나는 아직 젊은 아버지와 시냇가에서 산딸기를 먹었는데
세상은 아직 크고 막막한 어떤 것이어서
딸기 물이 밴 바지를 내려다보며
상처란 지워지지 않는 자국 찢긴 불꽃 같은 것
타고 남은 열기에 손을 데어 힘을 잃고 마는 것
조금 울고 말았는데
환한 여름날, 숲은 가시뿐인 덩굴식물로 변하고
상처 입은 새들이 어린 영혼의 주위를 지나갔다네
더 늦거나 어두워지기 전에
그러나 머리를 쓸어내리는 생생한 손바닥
구슬픈 이마에 머물던 차분한 숨결
그날 나는 아버지의 품에 안겨
화들짝 터져버린 꽃 무덤을 보았네
누구에게나 빛들이 천지를 통과하는
날것일 때가 있다면
핏물처럼 번져가는 그날 저녁 하늘이

그랬다고 말하고 싶은데
이제 내 곁에는 휘파람 같은 속삭임
울음소리 몇 개 말라버린 자국들을 따라
숲으로 걸음을 옮기다보면
떠나간 사람들과 빛의 잔해, 타고 남은 불꽃들
그것들을 오랫동안 쓰다듬어보았지
영영 사라지지 않을 붉은 문신들
나는 천천히 마당으로 내려갔다네
둘둘 말린 녹색 섬유 호스를 풀어, 속삭임을 따라
바지를 걷고 마른 세상에 물기를 뿌려댔을 때
새하얀 발톱은 입술은 어느새 붉게 물들고
자꾸만 뜨거워지는 것
비로소 마당은 화단은 대문은
오랜만에 기지개를 켜는 구름은!

## 출생 이전

언니는 새 노트와 훔친 만년필을 들고 부엌과 작은방 사이로 난 문을 열고 사라졌다 고작 종이인형을 오려 하루종일 혼잣말하던 동생은 한동안 엄지손가락만 빨다가 큰방 다락문을 열고 사라졌다 나는 친구들을 불러 원카드를 하며 시간을 보냈지만 내 몫으로 생긴 날들이 어쩐지 거짓말 같았다 겨울 창의 햇빛을 끌고 와서 장롱 밑을 뒤져보면 잘못 잘린 동생의 인형들이 소리 없이 곰팡 슬고 있었다 언니가 쓰다 만 일기장에서 장식용 레이스 천을 발견한 날, 나가는 문은 많지만 들어오는 문은 없는 집을 떠올리며 자꾸만 주위를 둘러보았다 여전히 곳곳에 앉혀둔 친구들과 가위바위보 내기를 했고 친구들은 그 큰 눈동자만 뜬 채 말이 없었다 태어났지만 출생신고 하지 않은 아이들과 친구하고 싶었다 비스킷을 쪼개 동생이 사라진 방문 앞에 두었다.

## 보사노바 노바보사

디라라 이라라 오늘은 보사노바의 날 어제 그리고 내일이 되어버린 세계에선 환타 같은 날 난 어깨를 들썩이며 책 읽는 곰에게 묻지 그런다고 보사노바가 피해 갈 줄 아니? 디라라 이라라 오늘은 괜찮아 여름밤의 축제를 즐겨도 좋은 날 동물 가면 아이들이 나눠주는 구름 우산 벌집 도시락, 나와 곰은 다리를 건들거리며 꽃 보자기를 펼쳐놓고 꿀과 쿠키를 먹으며 디라라 이라라 축제를 구경해 구름 우산을 쓴 아이들이 꽃잎처럼 떠다니는구나 이 세계가 천천히 이동하고 있구나 선생님은 화살표를 따라 내일과 어제로 흘러가고 있어 가는 길에 박자를 맞춰줘야지 디라라 이라라 곰은 캐스터네츠를 치며 물구나무서며, 그런데 누구니? 아까부터 속삭이는 건? 난 다 듣고 있어 모르는 척할 뿐 텅 빈 교실에 앉아 너한테는 안 보이는 아이들의 축제를 구경하고 있을 뿐, 책상에 얼굴을 대고 어깨를 까딱이며 보사노바 노바보사 디라라 이라라 왠지 곰 같은 날이야!

# 트링클 스타

나는 오랜 잠에서 깨어나 머리에 핀을 꽂고 페달을 밟아 도착한 거리, 잠시 서성였지 발자국이 발자국을 지나간 자리 위에 음악이 퍼지는 오후였어 내일이면 자갈과 구슬의 나라로 떠난다는 가수의 포스터를 보았고 손등에 앉았다가 사라진 나비를 따라 금빛 꽃가루가 감도는 차를 마셨지 골목을 돌아다녔고 막다른 길이 나오면 계단이 하늘로 뻗어나간 옛날식 대문 앞에 앉아 흘러간 자전거와 금간 축대에 아직 촉촉하게 살아 있는 이끼를 만졌어 커튼을 움직이는 서늘한 물결에도 잠들어 있던 때처럼 난 땅 밑으로 내려가 자갈과 구슬의 나라로 떠난다는 가수의 노래를 들었어 창문이 없는 잠수정 속에는 바람도 없고, 비도 없고 희미하게 돌아가는 스크류 소리만 들렸지 나는 페달을 밟아 거리를 지나 오랜 대양을 건너는 선율에 사로잡혀 있었던 거야 어디일까 거긴 죽은 산호가 파도를 막아주고 상어를 막아주고 막 빛나는 곳이겠지 내가 떠나온 곳과 같은 공기, 다음에 열대어들을 불러 같이 가기로 했어.

# 제4부

## 변성기

물감 번지듯 구름이 이동하는 날, 우린 베이킹파우더를 나누어 먹었지 핫케이크처럼 조금만 뜨거워졌으면, 고음이 사라진 선율, 끝내 장조로 돌아오지 않을 아카펠라

플란넬 천이, 그애가 색이 모두 빠져나간 천치 같은 얼굴로 노래를 부르는 동안 우린 잠시 바다거북 몸을 떨며 쏟아낸 알처럼 잔잔해졌지

두 개의 영혼으로 태어나 서로 다른 그림을 그리고 서로 다른 말을 쓰다가 어떤 날은 똑같이 피를 흘리고, 맑은 날엔 재스민 화분에 묻혀 꽃이 필 때 영혼도 하늘로 올라가기만을 바라며

기르던 개를 쏘아죽이고 떠나가는 얼굴로 그애가 마지막 노래를 부르는 동안 우린 서로 달아오른 왁찐 자국에 입을 맞추었지 작은 발을 떨며 조금씩 부풀어올랐지

결말은 바다를 향해 되돌아가다가 멈추어선 바다거북, 서서히 눈을 닫는 소리, 모래비가 사각의 건물 위로 쏟아지는 소리

장마가 시작될 것이고 속옷이 젖도록 걸어다닐 것이고 두 개의 영혼은 혼잣말을 하겠지, 손목시계 스며든 빗방울, 흔들어도 흔들어도 정지해버린 시간.

# 여름이 남기고 간 선물

그해 여름 우린 어딘지 서로를 위해 존재하는 오누이 같았다

섬은 목책 없이 멀리 이어진 산책길, 새벽안개가 사라질 때까지 생령들은 소곤대며 피어올랐다 이파리가 물속에 닿아 있는 나무 밑동을 파헤치고 늙은 개가 새끼를 낳고 있었다 다가가면 백합조개 깨진 껍데기들만 가득했다

무너진 집 돌담 밑에서 이름이 지워진 수첩을 발견했다 엑스표는 많았지만 동그라미는 없었다 10년 전의 것이라고는 믿기지 않았다

가묘를 파헤치고 육탈이 끝난 아이들의 뼈를 옮겼던 날에는 섬사람들을 따라 해안가를 걸었다 제를 올리고 우리는 기름이 적은 육고기를 나누어 먹었다 씹을수록 너의 옷섶으로 뿌옇게 배어나왔던 물기

바람이 불고 배를 띄우고 물속에 뛰어든 네가 다시 돌아와 웃고 있었다 우린 손을 잡고 간수가 빠져나가기를 기다리며 세워둔 소금 자루처럼 앉아 있었다

촛불은 흔들리고 꽃등은 밤바다 위를 둥실둥실 떠가고

깨진 거울을 주워모았고 수은을 벗겨내 서로의 얼굴에

고운 가루를 발라주었던 날, 마호병에서 온수를 따라 세 번 나누어 마셨다 폭풍 치던 마지막 밤에도 서로의 귓속에 따뜻한 입김을 불어넣었다 사랑하는 일만 남아 있다고 믿기엔 우린 어딘지 이 세상 사람이 아닌 것 같았다.

## 그 겨울의 끝

북해에서는 지붕에 구멍을 낸다 내린 눈이 지붕 꼭대기까지 쌓여 집안에 갇힌 사람들이 출구를 내는 것이다 구멍을 빠져나와 바라보는 눈벌판은 끝이 없다 하늘 오로라 붉은빛에 눈이 젖으면 길을 따라 이동하는 순록의 무리, 족장은 갓 태어난 아이를 순록에 묶고 불티가 터져 하늘에 오르듯 타닥타닥 소리를 내며 뿔을 부딪치며 사라지는 그들, 눈보라 속에서 오랫동안 여인이 춤을 춘다 모두 집으로 돌아가 깊은 잠에 빠지고 영원히 머리 위를 떠돌아다닐 아이의 꿈을 꾸는 동안 추운 나라의 지붕을 덮으며 쌓이는 눈, 지상의 마른 길을 딛고 사냥 갈 날이 머지않다.

## 초대

10월 두번째 일요일
홍대역 4번 출구 카페 WILL 앞
정오에 한 번
소국이 프린트된 버스
햇빛 가릴 모자
잠자리 무덤과 그 일대 군락지 둘러볼 예정.

## 카페 WILL

혹자는 이곳을 찾을 수 없는 곳이라 한다 찾은 사람은 없으나 다녀온 사람만이 존재하는 곳, 삐걱이는 나무 계단을 올라 문을 열면 붉은 융단 테이블 위로 자기 연민의 숙련공들이 고개를 드는 곳, 병든 자 병이 흘러가는 곳을 알지 못하고, 열정을 탕진한 이들 소파에 파묻혀 있는 곳, 주인의 특제 음료를 마시고 약초를 태우면 기억의 저장고가 흔들린다 로맨틱한 이별, 로맨틱한 순정, 로맨틱한 냉소, 이름 붙이는 모든 것이 공기 속에 녹아 섞이는 곳

혹자는 이곳이 움직인다고도 한다 다녀온 사람마다 가는 길이 다른 곳,

## 잠자리 무덤

바람이 불고 있었다 골목엔 아이들이 보이지 않았다 여자, 대문 앞에 버려진 세발자전거를 보았다 손잡이에 매달린 바람개비 찌그러진 채 돌아가고, 주인 잃은 빨간 에나멜 구두 한 짝, 바람이 잠시 여자의 목덜미를 스치고 지나갔다 심부름 갔다 오는 꼬마에게 소식 물었으나 그는 놀지 않았다 자주 갔던 구멍가게 주인 남자가 TV를 보고 있었지만 아무 소리 듣지 못했다 대문 앞을 쓸던 노파가 가리킨 곳, 꺾인 맨드라미 해거름 붉은 언덕이었다 머리끈이 풀어진지도 모른 채 달리던 여자, 달리다 숨이 막혀 무릎이 꺾였을 때 발견했다 그때 나는 막 언덕을 넘어가고 있었단다 바람에 섞인 희미한 재잘거림, 누군가를 한없이 부르고 있는 소리, 귀를 막고 쓰러져, 여자, 한동안 눈을 뜰 수 없었다 세상은 잠시 깜깜해졌는데 분명한 건 내가 여자를 원망하는 눈으로 쳐다보았다는 것이다 언덕을 뛰어올라가 어디 가느냐고 악을 썼던 여자, 그때 내가 "잠자리 무덤에요"라고 말했다는데 지금은 하나도 기억나지 않는다 다만 손을 이끌었을 때 나의 손바닥은 잠자리 날개처럼 무수한 실금들로 가득한 채 투명하게 반짝이고 있었다.

# 나무딸기잼

땅속에 잠자는 애벌레처럼 우린 싸여 있어요 단풍잎은 따뜻하구요 손에 쥐면 손톱이 물들죠 혹, 너무 멀리 온 걸까요? 연기도 보이지 않고 발자국 소리도 없어요 당신이 이끄는 대로 좇아왔지요 단풍나무 구멍 속에는 딸기잼을 넣어두었구요 우린 맨발을 낙엽에 파묻고 책을 읽어요 머리칼은 이마를 가리고 바람이 잘 익은 냄새를 풍기거든요 마을 쪽에서는 아무도 모르겠지요? 우린 계절이 다 가도록 바스락거리는 소릴 들을 거예요 배가 고프면 잼을 꺼내먹죠 단풍향이 도는 나무딸기잼.

# 슈가 마블

곤따는 세발자전거 언니
흑설탕을 주는구나 언니는
언니가 올 때까지 그림을 오려야지
창문을 열어놓아야지
언니는 어쩌면 왕관을 쓰고 나타나
뱀 혓바닥 피리를 불어줄까?
그래도 언니는 부드러운 털

언니를 위해 흰밥과 생선을 오렸어
많이 먹어요, 고개를 끄덕이면
언니는 많이 웃는 언니
나는 친구들과 빛나면서
바람을 내일 저녁으로 안내하는 창문에 걸터앉아
선물을 받지

다정히 사랑해주세요

언니가 건네준 맛있는 흑설탕 추잉 껌
예쁜 언니는 명랑한 언니
예쁜 언니 곤따(웃음)

## 반짝반짝

산은 늘 정령이 떠돌았으므로 낮에도 함부로 들어가지 못했다 호수 바닥에 잠들어 있는 크리스털 샹들리에를 멋지게 장식하고 싶었지만 삐걱삐걱 배를 띄우고 들여다보는 게 고작이었다 빛이 나니까 살아 있는 거야, 우린 참 어리석구나

벽 하나를 사이에 두고 가축들의 순한 콧김이 쏟아져 나올 땐 우린 어느새 모성에서 이만큼 멀어져, 계속 인력을 잃어가는, 단층 어딘가 파묻혀 있을 구슬 속 무늬를 박새처럼 들여다보며 툭툭 건드리고 있었다 산은 태어나서 죽은 해까지 우릴 품었던 방과 아궁이의 재를 덮어쓴 채 조용했다

멀어져가는 지구, 우린 잘못된 곳에 와 있는 게 아닐까? 몸을 만들었던 원래의 물질들이 다 타버린 그런 날을 떠올려보는 것도 일과 중 하나였다 우리는 어리석게도 자꾸만 떠올랐다! 애써 밍크 이불을 덮고 해가 비치는 쪽을 향해 분무기를 쏘아댔다 호수의 물빛 반짝반짝, 사라지는 무지개였다.

## 돌고래 숲

깊은 숲에 이르면 볼 수 있다 했다 은백양 뿌리에 감겨 잠든 돌고래, 나는 눈먼 사람이 되어 수풀을 헤쳤고 웅덩이 고인 물에 발목을 적셨고, 입술을 모아 휘파람 불면 살아 있는 자 죽어서도 떠나지 못하는 자, 숲은 제 몸을 떨며 천천히 차오르고 있었다 이마 깨끗한 돌고래 다가와 나를 부르고 흘러가는 방향에 홀린 채 검푸른 물속으로, 막힌 핏줄이 터지듯 빠져나가는 태생의 기억, 멀리 폐쇄된 소금 창고의 문이 열리고 있었다 지상의 보행을 끝낸 것들이 떠나고 있었다

다시 돌아올 수 없는 땅 다시 돌아올 수 없는 땅.

# 성장기

동교동 삼거리 세븐일레븐 쪽 플라타너스 두 그루, 언제 다녀갔을까 나무 담당관, 잎사귀를 닦아놓았다 투명한 엽록소 냄새, 둥글게 떠오르는 이 저녁의 회합, 지느러미 버스를 타고 당신이 도착한다 우린 어느 운동장의 스탠드에 앉아 플라타너스 이파리가 바람에 몸을 터는 소리를 듣는다 정글짐 밑에 묻어놓은, 매미가 되지 못한 유충의 꿈틀거림

시간이 흘러가는 건물 바깥에 너무 오래 서 있었구나

당신은 내게 모자를 씌우고 콧수염을 붙이고, 이제 네가 나무 담당관이야, 저녁의 거두어진 빛을 따라 손을 뻗었을 땐 당신은 날아가는 물고기, 나는 플라타너스 밑에 선 채로 말없는 나무를 쓰다듬으며 콧수염을 쓰다듬으며 남은 햇살과 구름을 호명한다 붉어져 번져가는 하늘, 도너츠 입에 물고 뛰어가는 아이 불러 모자를 씌워줄까 설탕이 조금씩 바람에 날릴 때까지 플라타너스 곁에 한참은 서 있고 싶은 것.

## 세계의 암시

우린 달력을 그리며 이건 불행한 날, 곧 지하방들의 날들이 지나간다, 입을 모아 머리 위를 걸어다니는 사람들을 떠올렸다 창밖으로 비가 내리면 우린 달력을 그리며 마마 기타 위드 미, 불 꺼진 복도와 잠긴 수도꼭지를 떠도는 아르페지오에 귀를 기울이곤 했다.

직조된 방안에 담겨 우린 둥둥 떠다녔다

철제 캐비닛 속에는 문서가 많았다 등사된 글자들을 서로에게 읽어주며 더 많은 비난을 쏟아부었지만 낮게 촛불이 켜진 복도를 따라, 끝없이 왼쪽으로 감겨드는 계단을 따라 내려갔다 눈을 감고

우린 좀더 단호해져야 해

다시 새로운 달력을 그려나갔다 악수를 나누고 격렬한 포옹을 나누고 무두질된 가방을 들고 목적지로 떠나가는 사람들을 배웅했다 비가 그치지 않았고 달력에는 온통 비 온 날, 비 온 날, 비 올 날들이 기다리고 있었다 우린 귓바퀴를 쓰다듬으며 발랄함이란 아예 없었던 것처럼 철제문의 손잡이를 계속 지켜보았다.

## 수요 산상 기도회

산누에나방 앞발 비벼 뿌려놓은 듯 손 닿는 곳마다 한 방향을 가리키며 묻어나던 꽃가루의 배열, 땅에 내리지 못한 곤충들을 위로하며 손바닥을 펼친다 공중을 떠돌던 소망들이 깜빡이며 내려앉을 땐 정맥이 지나간 자리마다 저릿한 피가 쇳가루처럼 모여들고 나는 표지 없는 성경책을 안고 고린도전서를 윈다

토란 잎, 이번 생의 끝을 알리는 물빛은 꿈 없는 소년의 적막한 잠처럼 숨을 쉰다 난 막연히 죄의 기억을 만든다 달이 무리지듯 백열등 주위로 퍼지는 은은한 포성, 밤은 이슬과 사체의 품에서 날개를 달고 하나둘 모여들고 지상에서 본 적 없는 잎맥은 취한 말들로 꽉 들어차 있다 기도에서 깨어나지 못한 사람들의 잠이 덩굴을 뻗어가는 산등성이엔 철조망에 머리를 박은 채 말라가는 뱀, 나는 두 손을 모으고 다음 생으로 떠나는 열에 들뜬 나부낌을 만진다.

## 낭만적인 래빗 스타일

찌그러진 호박들의 기타리스트 이하가 만들어놓은 낭만적이고 몽환적인 사이키델리아를 따라가다보면 환각의 숲이 나온다 하얗게 부서지는 햇빛, 그 속에는 징징 울어대는 나무가 가득한데 한참을 걸어 하얀 마당에 도착하면 거기, 래빗을 볼 수 있다 입을 오물거리며 바닥에 앉아 있는, 그때는 다만 알아야 한다 낭만에 감전되지 않게 래빗의 엉덩이를 토닥이지 말 것 무심한 표정에 상처받지 말 것, 길의 끝에서 더 갈 곳이 없다면 사이키델리아, 하늘에는 구름이 흘러가고 평화로운 기분, 그런 멜랑콜리에 잠기는 순간이 있다 순간에 솔직하고 미련 없이 즐길 것, 현실과 상관없는 래빗이 만들어놓은 세계, 무위에 만족하는 예술적인 분위기에 타협할 것, 공허한 착각 속에서 행복할 것, 인류라는 사라져가는 종족의 무덤가에서 한잠 자고 일어나 저무는 태양, 활엽수로 차린 식탁에 앉아 토끼를 부르지만 등을 돌린 채 그녀는 어디를 쳐다보고 있는 것일까 래빗이 가리키는 저 먼, 먼먼 어딘가로 사라지는, 그러나 아직은 웃어줄 때, 눈앞에 피어오르는 작고 노란 꽃을 따라, 들판을 지나가는 바람을 타고, 기억의 연주와 변주 속에서 아직은 웃어줄 때, 래빗 스타일로 한껏 우울한 미래의 어느 날, 사이키델리아 사이키델리아를 흥얼거리며 미지의 희망을 바라볼 것, 버림받은 환상으로 가득한 숲, 래빗이 만들어놓은 꿈속에서 평생 동안 행복하기를.

문학동네포에지 010
**후르츠 캔디 버스**


초판 1쇄 발행 2020년 11월 22일
초판 5쇄 발행 2024년 7월 1일

지은이 — 박상수
펴낸이 — 김소영
책임편집 — 김민정
편집 — 유성원 김필균 김동휘 송원경
디자인 — 이기준
저작권 — 박지영 형소진 최은진 서연주 오서영
마케팅 — 정민호 박치우 한민아 이민경 박진희 정유선 황승현
브랜딩 — 함유지 함근아 고보미 박민재 김희숙 박다솔 조다현 정승민 배진성
제작 — 강신은 김동욱 이순호 / 제작처 — 영신사

펴낸곳 — (주)문학동네
출판등록 — 1993년 10월 22일 제406-2003-000045호
주소 — 10881 경기도 파주시 회동길 210
전자우편 — editor@munhak.com
대표전화 — 031-955-8888 / 팩스 — 031-955-8855
문의전화 — 031-955-2689(마케팅), 031-955-8875(편집)
문학동네카페 — http://cafe.naver.com/mhdn
인스타그램 — @munhakdongne / 트위터 — @munhakdongne
북클럽문학동네 — http://bookclubmunhak.com

ISBN 978-89-546-7050-0 03810



www.munhak.com

문학동네